REGRESO A COSTA DO MEDO

Precuela de *Las horas muertas*

REGRESO A COSTA DO MEDO

Jorge Caneda

Emancipation - see U in the purple rain[1]
Emancipación - nos vemos en la lluvia púrpura

[1] Extracto de la canción "Emancipation", escrita por Prince y publicada en su álbum *Emancipation* (NPG Records, 1996).

Capítulo 1

1

Samuel cogió cinco botellas de whisky de la estantería. Sin molestarse en ver el precio, se dirigió al mostrador.

—Podría llenar el depósito con todo ese carburante —espetó el gasolinero, riéndose.

Lo miró extrañado por el comentario.

—No entiendo el expendedor, he intentado llenar el depósito pero solo me ha echado cinco litros —dijo mientras apoyaba las botellas en el mostrador.

—Es la norma de la zona, ninguna gasolinera en Galicia le surtirá más que eso.

—¿Cómo? ¿Tengo que parar en cada gasolinera hasta llegar a mi casa?

—¿Su casa? Usted no es de aquí, es madrileño. Lo detecté incluso antes de que parase el coche —observó el empleado mientras pasaba con sus aceitosas manos las botellas por el detector—. ¿Cuánto le falta para... su casa?

—Ciento cincuenta kilómetros.

—Pues hasta el fin de semana no va a llegar, con suerte, y suponiendo que las baterías eléctricas de su Mercedes sean de las que aguantan —explicó mientras forcejeaba, para quitarla, con la etiqueta anti hurto de la primera botella—. Su matrícula acaba de quedar registrada en el sistema, ninguna gasolinera le va a volver a surtir hasta dentro de tres días.

Samuel miró extrañado al suelo buscando una solución. En ese momento, la puerta de la tienda se abrió con fuerza. Una mujer de mediana edad entró alterada, dirigiéndose al mostrador.

—Oiga, termine rápido o aparte su coche, ya seguirá comprando. Tengo que repostar, trabajo en el Hospital Clínico y me espera un turno largo.

Samuel la observó con la mirada perdida.

—¿Lo ve? Esta buena enfermera acaba de cumplir las setenta y dos horas de rigor y ya puede volver a repostar. ¿Cómo vas, Raquel?

—Hasta los ovarios, a ver si esta situación se va calmando. Oiga, ¿espabila o qué pasa?

Samuel observó su coche a través del ventanal. Su hija estaba inmóvil en su asiento, con las gafas de sol puestas a pesar de las nubes. Seguía adormilada. Miró a la enfermera, que se mostraba cada vez más impaciente.

—Un momento, por favor —le dijo dándole la espalda para dirigirse al dependiente—. Perdona, ¿no puedes dejarme repostar otros cinco litros? Con eso llegaría a mi casa. Te pagaré diez veces más el precio.

—Estamos buenos —refunfuñó la enfermera.

—Escúchame. Salí de Madrid hace tiempo, pero tuve que caminar de taller en taller a causa de una avería durante casi un mes. Ayer encontré uno que tenía la pieza que necesitaba, por eso todavía estoy aquí y no en mi casa —suplicó Samuel.

—Mire, listillo —respondió el chico sin quitar la sonrisa de su boca—, vuelva a Madrid si no le gusta lo que hay. Aunque tampoco podrá hacerlo porque no tiene combustible suficiente para salir de Galicia, así que está jodido.

Al despegar la segunda etiqueta la botella resbaló por sus sucias manos y cayó sobre los dispositivos de pago electrónicos, golpeando uno de ellos.

—¿Quiere sacar su coche de una vez mientras le preparan la mercancía? ¡Eh!... ¿me está oyendo?

Samuel contemplaba las instalaciones exteriores. Detrás de su coche y del de la enfermera, en un lateral alejado de los expendedores, un viejo Renault reposaba aparcado con las ventanillas bajadas.

—¿Me oye o no me oye? —le gritó la enfermera cada vez más cerca—. Tengo que ir al hospital, la gente se está muriendo.

Samuel observó las dos botellas que aún conservaban la etiqueta.

—Sé perfectamente lo que está pasando, soy médico.

—Pues debería estar ayudando, en lugar de comprar tanto alcohol. ¿Le parecen tiempos para fiestas?

Samuel se dio la vuelta y reparó en la mujer. Su cabello medio recogido era un manojo grasiento, sujeto por unas pinzas colocadas sin ninguna estética. De estatura baja, apenas le llegaba al hombro. Se la imaginó con el uniforme del hospital, impoluto en contraste con su pelo. El chico bregaba con la cuarta botella mientras, ajeno a la bronca de la enfermera, miraba a través del ventanal.

—La que está en el coche, ¿quién es? –preguntó ampliando todavía más su sonrisa.

Samuel vio que su hija había ladeado ligeramente la cabeza y tenía la boca entreabierta, dormitando. Volvía su vista al viejo Renault cuando la enfermera le dio una palmada en el hombro.

—¡Oiga! Es usted un sinvergüenza.

El chico no dejaba de mirar a su hija y, cuando se disponía a coger la quinta botella, se adelantó a él. La agarró por el cuello y, levantándola con un rápido movimiento circular, se la estampó en la sonriente cara. Tambaleándose inconsciente y chorreando sangre por la sien, no esperaba que llegase desde arriba un segundo golpe en el cráneo frontal.

Se desmoronó. Samuel, con la botella intacta, corrió hacia detrás del mostrador. Se acercó al cuerpo del empleado y lo remató con un tercer golpe en plena cara.

Se incorporó y se encontró con el rostro horrorizado de la enfermera. Ya no quedaba nada de su valentía. Se tambaleaba hacia atrás, aturdida. Aprovechó el momento para fisgonear en el ordenador. Probó a teclear la matrícula del coche de atrás para reactivar el surtidor, pero el programa informático no solo registraba la matrícula y los datos del propietario de los vehículos sino también la posición y el modelo exacto mediante un escaneo a través de alguna cámara de la gasolinera.

"Error. La matrícula no corresponde al vehículo que va a repostar. Teclee la matrícula correcta".

Samuel se percató de que la enfermera se había alejado, asustada, balbuceando pero sin llegar a gritar. Se agachó para cachear el cuerpo inerte que había ejecutado. Encontró unas llaves en el bolsillo derecho de su pantalón, las del Renault. Abrazó las cuatro botellas desactivadas y se dirigió a la salida.

—¿Qué ha hecho? —sollozaba la enfermera, arrinconada contra la sección de refrescos.

—¿No tenía tanta prisa por trabajar? Pues ya puede empezar con ese.

Samuel salió apresurado de la tienda, empujando las puertas de cristal batientes. Su hija seguía en la misma postura. Se dirigió al Renault y, arrojando las botellas en el asiento de al lado, accionó el contacto. El coche contaba con más de medio depósito de combustible. Giró la llave y comprobó que era un viejo diesel.

Abrió con fuerza la puerta donde su hija dormitaba, asustándola.

—¡Vámonos! Ayúdame a recoger el equipaje. Nos cambiamos para aquel coche.

—¿Qué? Pero, ¿qué pasa? ¿Adónde iremos con ese coche?

—¡A casa! Aquí no nos dejan repostar más, y ese coche tiene combustible suficiente para llegar. ¡Vamos, Leonor!

—¡Deberíamos volver a Madrid, a la mía, con mamá! –exclamó entre sollozos.

—Hija, para con eso de una vez. Tu madre está muerta. Sal de ahí y ayúdame. ¡Rápido!

—¡No está muerta todavía! —rugió.

Samuel abrió el maletero y cogió la mochila más pesada con ambas manos. A pesar de su corpulencia, apenas podía con ella. Debería haber repartido los libros en diferentes bultos. Vislumbró el establecimiento y advirtió que la enfermera se dirigía despacio hacia el mostrador.

—¡Vamos! —gritó a su hija, mirándola con desprecio.

—¿Ahora tengo que ser cómplice de un ladrón de coches? ¡No estoy segura de querer eso! ¡Quiero ir adonde esté mamá!

Samuel arrojó la mochila en el maletero del Renault y regresó apresurado. Su hija acababa de salir del coche, desorientada.

—Escucha, ya lo hemos hablado. Tu madre me abandonó hace años, te arrancó de mis brazos. Ahora te ha devuelto a mi lado, es lo mejor. Ya no tiene salvación, pero nosotros todavía podemos refugiarnos en un lugar seguro.

La chica asentía repetidas veces mientras sus lágrimas caían.

—No nos van a dar más de cinco litros de combustible. En ninguna gasolinera nos van a servir hasta dentro de tres días. ¿Prefieres llegar hoy a mi casa o el próximo fin de semana? Vamos, coge tu mochila y yo me ocupo del resto.

La chica reaccionó y retiró sus pertenencias. Samuel cargó con más peso y en el trayecto se cuestionó si habría tenido suficiente tiento. Lo habían hablado, pero desconfiaba de la fortaleza de su hija. Hasta ese momento, no se había derrumbado ante la noticia de que su madre se fuera a morir de la infección.

A Leonor nunca le gustó el nuevo novio de su madre. En realidad, lo odiaba. Ella nunca hizo nada por priorizar a su hija frente a la relación. Samuel se alegraba de esa discordia. No sentía nada ante la inminente noticia de su muerte, para él solo representaba una persona lejana que le había hecho daño en el pasado. Ahora, después de recibir una última llamada de súplica para que se hiciera cargo de Leonor, tampoco quiso perdonar ni ceder un mínimo resquicio a la compasión. Satisfecho de que el karma se pusiera de su lado por una vez, acogió a su hija pese a que habían perdido la conexión. Había tomado la decisión de regresar a su antiguo hogar para protegerla.

—¿Eso tiene aire acondicionado? Porque no pretenderás...

—Falta la bolsa negra, cógela del maletero — ordenó su padre mientras acababa de colocar los bultos.

Todo estaba en calma en el interior de la tienda. La chica regresó casi arrastrando la bolsa.

—¿Cuántos medicamentos hay aquí?

—Los suficientes para sobrevivir una larga temporada. ¡Vamos, sube!

—Espera, he olvidado las gafas de sol.

—No hay tiempo, ¡sube!

—Es solo un momento.

La chica aceleró el paso hasta el Mercedes, pensando que tal vez en unos días volverían a por él. Cogió sus gafas del salpicadero y cuando cerró la puerta, en el instante en el que su padre entraba en el Renault, se preguntó si en aquella gasolinera no atendía ningún empleado. De pronto, algo golpeó las puertas del establecimiento, como si la propia tienda escupiera algún bulto pesado.

Uno de los bultos se incorporó tambaleándose a pocos metros de una Leonor desconcertada y sin capacidad de reacción. El gasolinero sujetaba por el cabello el cuerpo de la enfermera. Samuel se quedó bloqueado, pues había comprobado que ya no tenía pulso cuando lo cacheó. De su cara hundida y desfigurada caía sangre a chorros. Su garganta emitía gruñidos graves que acompañaban a una respiración entrecortada. Avanzó tres pasos en dirección a Leonor y arrastró el cuerpo de la enfermera inerte, presa de una herida en el cuello.

El gasolinero le soltó la cabeza y esta chocó contra el asfalto. Aseguró sus pies en el suelo y profirió un fuerte grito hacia el cielo. Leonor levantó los brazos, como esperando guarecerse de un impacto. El monstruo se agachó ligeramente e inclinó su cuello hacia la chica, soltando otro grito que arrancó sangre de su garganta para escupírsela hasta sus pies.

Samuel pisó el acelerador y, cuando parecía que el no muerto iba a saltar sobre Leonor, lo atropelló lateralmente y pasó con las ruedas derechas por encima de la enfermera.

El Renault rozó a su hija y, con el pedal de gas a fondo, arrastró al gasolinero unos diez metros, estampándolo contra la estructura del túnel de lavado automático. Con el parabrisas manchado de sangre, todavía pudo ver que aquella monstruosidad se movía en el morro del capó. Accionó la marcha atrás y pisó el acelerador. El coche se había atascado en una pequeña mediana, pero los neumáticos delanteros se adhirieron al bordillo y logró salir con un salto que forzó las viejas suspensiones.

Al bajar del coche, su hija lo contemplaba horrorizada. Aquel monstruo seguía moviendo los brazos a pesar de estar aplastado contra el hierro de cintura para abajo. Observó la abolladura ensangrentada del vehículo. La mediana lo encalló lo suficiente para que el choque frontal no tocara el radiador. La enfermera, inmóvil boca arriba, comenzó a convulsionarse.

—¡Vamos! ¡Sube al coche!

La chica corrió de puntillas y entró golpeándose contra las botellas de alcohol. La enfermera se daba la vuelta e intentaba ponerse en pie.

—¡Vámonos, papá!

Se subió y aceleró a fondo. El gasolinero se había desatascado y se arrastraba hacia ellos. Salió por el carril de aceleración y entró en la carretera. Las ventanillas bajadas le impedían oír el ruido del motor. Absorto, forzó las revoluciones del coche al máximo en tercera velocidad. Un kilómetro después, se detuvo en el arcén, desbordado. El mundo se quedó en silencio. Se miraron asustados.

—¿Qué ha sido eso, papá?

—No lo sé, hija —negó con la cabeza.

—Llévame a tu casa, por favor. Allí estaremos a salvo, ¿verdad?

El padre asintió y se abrazaron. Leonor estalló desconsolada y Samuel se prometió que la protegería toda su vida, por encima de todo y de cualquier persona. Luego, las botellas de whisky tiradas le recordaron las numerosas promesas que había incumplido.

Accionó la llave, pero el coche ya no volvió a encenderse.

Capítulo 2

1

Las nubes amenazaban con llovizna. Caminaban por el arcén, en silencio, de vuelta a la gasolinera. Cada uno llevaba una botella de whisky bien sujeta. Durante el trayecto, ningún coche pasó por la carretera.

—Allí está, papá. ¿De verdad tienes que volver?

—Solo echaré un vistazo. Estaré de vuelta en dos o tres minutos.

—¿Por qué no esperamos a que pase alguien y nos ayude?

—¿Compartirías su coche después de lo que hemos visto?

Leonor negó con rapidez.

—Pero podemos esperar a que alguien entre a repostar.

—En cuanto vean esa carnicería, no creo ni que lleguen a detenerse. Espérame aquí.

Samuel entró lento en el carril por el que había salido. Ocupó la zona central para espiar cualquier movimiento, de donde quiera que viniese. Se asomó y se topó con el túnel de lavado. Una negra masa viscosa había pintado la pared contra la que aplastó al empleado. Había un reguero de sangre en dirección a la tienda. Se quedó quieto y escuchó unos gruñidos. Avanzó unos pasos y vio que el gasolinero, arrastrándose por el suelo, intentaba llegar al establecimiento. La enfermera estaba de pie, encorvada, de espaldas a él y con la mirada hacia su coche.

Corrió hasta el túnel, ocultándose entre los hierros. Sin ser visto, estudió sus posibilidades. Aquellos monstruos habían ralentizado sus movimientos. Pesados y torpes, habían perdido energía. Si corriera por sorpresa los pocos metros que lo separaban de su Mercedes, lo arrancaría antes de que pudieran reaccionar.

Su hija caminaba hacia él. Gesticuló con aspavientos para que volviera a su posición y ella retrocedió. Cuando giró de nuevo la cabeza, la enfermera acechaba en la distancia. Se mantuvo en silencio, con la esperanza de pasar desapercibido, pero ella empezó a moverse en su dirección. Se tambaleaba con paso torpe, como a punto de tropezarse. La sangre negruzca había ensuciado su ropa. Las costillas y huesos rotos por el atropello hacían que caminara con el brazo derecho ladeado y más caído que el izquierdo.

A lo lejos, oyó el motor de...

—¿Un camión?

Desaceleraba, encaminándose por el carril para entrar en las instalaciones.

Sin pensárselo, arrojó la botella de whisky hacia un lado. Al estamparse contra el suelo, el ruido llamó la atención de la enfermera. Echó a correr en dirección opuesta, hacia el coche, esquivándola a varios metros de distancia. Tras este movimiento de despiste, ella tardó un par de segundos en percatarse de que Samuel había pasado por delante. Eso le dio seguridad y llegó al coche casi andando. La enfermera comenzaba a darse la vuelta, rugiendo con más intensidad. El hombre se metió en el coche y accionó el cierre centralizado. Encendió el motor y avanzó con lentitud. La mujer apresuró sus pasos hacia él, pero apenas pudo rozar la chapa. Samuel esquivó los cristales de la botella de whisky y el cuerpo del gasolinero, ya girado sobre sí mismo. Detuvo el coche en posición de salida y miró por el retrovisor. No estaba entrando un camión, sino un autobús vacío. Era azul y naranja, como los que lo llevaban al colegio cuando era niño. Dio un fuerte frenazo y la puerta se abrió sin que cesara el motor. Un conductor obeso y de avanzada edad se dejó caer sobre el asfalto, apresurándose muy cerca de la enfermera.

—¡Vamos, date la vuelta y sube! —farfulló Samuel para sí mismo.

Cuando quiso girarse, la enfermera se abalanzó precipitadamente sobre él y lo derribó. Revolcándose en el suelo, acabó con su vida y con sus gritos, enterrando una y otra vez su cabeza en alguna parte del cuerpo del conductor. Luego aceleró y recogió a su hija según lo previsto.

—¿Te ha visto el del autobús?

—Ya está muerto.

Arrancaron y avanzaron en silencio. A lo lejos, descansaba el Renault. No estaba como lo habían dejado. Alguien se hacía cargo del equipaje.

3

Samuel derrapó en la grava del arcén con un brusco frenazo antes de llegar a la altura del Renault. Dos adultos salieron sobresaltados del interior, donde estaban atesorando las botellas de whisky.

—No salgas del coche – ordenó Samuel.

Abrió la puerta sobreexcitado, buscando una explicación. Los ladrones no habían lavado sus ropas desde hacía semanas, sus barbas estaban descuidadas. Uno de ellos cojeaba y el otro llevaba un brazo vendado.

—¡Eh! Esas cosas son mías.

—¿Tuyas? Pero si acabas de llegar en el cochazo. Estas pertenencias son nuestras —aseguró mientras cogía un garrote de madera que se apoyaba en la rueda trasera.

—¡No! Todo lo que habéis sacado del maletero e incluso las botellas son mías. Podéis quedaros con el coche si queréis. Tiene el depósito mediado. Os daré las llaves.

Samuel echó la mano al bolsillo, lo que tensionó al del garrote. Se las tiró por el aire, pero este las dejó caer en el asfalto.

—¿Te crees que soy idiota? El coche no funciona, te vimos llegar —amenazó mientras se sostenían las miradas—. En todo caso, nos llevamos el Mercedes.

Samuel se quedó en silencio, observando de reojo al otro hombre que caminaba hasta ponerse delante del maletero del Renault.

—Tengo vendas limpias en uno de los bolsos. Te dejaré algunas para que no se te infecte el brazo.

—¿Estás intentando negociar? No hay negociación posible, madrileño de mierda –fanfarroneó mientras levantaba el garrote y lo señalaba a la altura de su cara—. Me darás también tus pantalones y yo me mearé en los míos para que puedas ponértelos bien calentitos.

Intimidado, Samuel dio unos pasos hacia atrás.

—Déjanos al menos la bolsa negra, llevaos todo lo demás.

—¡Coxo! ¡Saca á chavala do coche!

El cojo se quedó paralizado, mirando con extrañeza al hombre del garrote.

—¿Qué miras? —le gritó mientras relajaba su postura—. ¡Díxenche que sacaras á rapaza!

Samuel aprovechó el desconcierto para meterse en el coche y desde allí, darse cuenta de que lo retaban con el garrote levantado.

—Papá, ¡vámonos de aquí!

—No sin nuestras cosas.

Pisó el acelerador y el coche reaccionó con todos sus caballos. Salió como una exhalación ante la incredulidad de los asaltantes. El del garrote se apartó a tiempo cayendo hacia un lado, pero el cojo fue estampado contra el maletero del Renault. Metió la marcha atrás para llevarse en su retroceso al otro, quien se escapó arrastrándose.

El lisiado se derrumbó en su propia vertical y quedó sentado con las piernas rotas, agonizando en alientos entrecortados. Se apoyó contra la defensa descolgada del Renault, mientras Samuel se detuvo a unos veinte metros.

—¡Papá! ¿Qué has hecho? ¡Dios bendito! ¡Estás loco!

Samuel la oía desde lejos.

El hombre corrió a auxiliar al cojo, agachándose a su lado.

—¡Coxo! ¡Coxo!...

—¡Papá!...

Samuel pisó a fondo, el coche se agarró al asfalto acelerando con violencia y se empotró contra el Renault. Los dos hombres murieron aplastados entre los hierros. El Mercedes se apagó y solo se oyeron los ahogados llantos de Leonor.

4

Intentó encenderlo en varios intentos, pero la electrónica no respondía. Se bajó y se regocijó en la escena. De los dos muertos no se veía más que un brazo ensangrentado que sobresalía por encima del capó. Se agachó para observar por debajo. Sangre y vísceras de los atrapados corrían por el asfalto. Los bolsos también estaban insertos entre los hierros. Cogió las llaves del Renault e intentó encenderlo. No tuvo éxito. Lo empujó dejando la caja de cambios en punto muerto, pero los dos coches estaban enganchados en ángulo oblicuo. Parecían uno solo y resultaba imposible moverlos un centímetro. Rodeó el paraje mientras su hija, aterrorizada en el interior del Mercedes, temblaba al borde del colapso. La bolsa negra se encontraba tirada en la cuneta, a medio metro del suceso junto a una botella de whisky. Cogió bolsa y botella y abrió la puerta para que su hija saliera.

—Vámonos, hija. Sal del coche.

Leonor bajó rápido y, con las manos en la cabeza, se alejó. Samuel se puso a su altura y ambos caminaron en dirección a la gasolinera.

—¿A dónde vamos? Estás loco. ¿Por qué has hecho eso?

—No lo sé, pero nos iban a hacer daño.

—¿Por qué no llamamos a la policía y pedimos ayuda?

—¿Se te ha olvidado que no hay cobertura desde hace días?

—¿Qué vamos a hacer ahora?

Un coche se aproximaba reduciendo la velocidad. Samuel trató de imaginarse una conversación por si se paraban y les pedían explicaciones, pero no se le ocurría nada que lo exculpara de la matanza. Cuando el vehículo estaba a punto de detenerse, Leonor hizo el gesto de dar un paso al frente y dirigirse al ocupante. Samuel la agarró por el antebrazo y ella permaneció en silencio. El coche, conducido por un señor de avanzada edad, aceleró y se alejó del lugar.

—¿Cómo vamos a llegar a casa?

—Iremos en autobús. Sujeta la bolsa, voy por el garrote.

Capítulo 3

1

Leonor corría escondida detrás de su padre cuando se adentraron en la gasolinera. Los anchos hierros de la estructura que sujetaba el motor del túnel de lavado eran su escondrijo. Los tres muertos vivientes estaban casi agrupados, sus rugidos no eran audibles por el ruido del motor encendido del autobús. El gasolinero movía los brazos como si quisiera nadar, pero no avanzaba un solo centímetro en su arrastre por el suelo. La enfermera, de pie y con la cara ensangrentada, miraba hacia la tienda donde había entrado hacía una hora, apresurada, dispuesta a abroncar al turista del Mercedes. El conductor, de espaldas a ellos, gruñía al autocar. Los tres estaban delante de la puerta del vehículo, que había quedado entreabierta.

—Tengo miedo, papá. No quiero montar en ese autobús.

—Escúchame. Son lentos de reflejos, caminan tambaleándose. Solo reaccionan rápido si estás a unos dos metros de ellos. Si guardamos la distancia suficiente y esto se pone feo, nos da tiempo a salir corriendo. No te preocupes.

—¿Por qué no esperamos a que pase alguien y le pedimos ayuda?

—¿Has visto cómo nos miraba el señor del coche de antes? He matado a todas esas personas, ¿crees que alguien nos va a ayudar?

Leonor lloró de nuevo, desesperada.

—Shhhh... ¡cállate!, te van a oír.

—¿Por qué los has matado? —preguntó entre lágrimas mientras lo golpeaba en su pecho.

—Porque quiero llegar a casa, quiero que estemos a salvo. Mantén la calma, no podemos llamar su atención.

La chica se dejó caer en el suelo, sentándose y limpiando sus lágrimas con las muñecas.

—¿De qué sirve llegar a casa si eres culpable de asesinato? ¿Cuánto crees que tardarán en encontrarnos las autoridades?

—Las autoridades no buscarán a nadie si dejamos a esos zombis con vida —dijo mientras se agachaba y le sujetaba la cabeza con las dos manos—. Este mundo se está destruyendo, pero ellos pueden salvarnos. Por eso debemos dejarlos ahí, para que cuando lleguen, lo último que se les pase por la cabeza sea indagar en quién los mató. Bastante tendrán con buscar una explicación al estado en el que se encuentran.

—¿Crees que mamá se convertirá en uno de ellos? —dijo con una mueca desesperada.

Samuel se quedó mirándola y oyó un rugido fuerte. Le hizo un gesto para que guardara silencio.

2

Cogió la última botella de whisky. Sabía lo que tenía que hacer, pero un pensamiento de nostalgia cruzó su mente. Un último trago, tal vez para siempre. Cuando llegara a su casa, donde se había criado feliz, junto al mar, lo dejaría definitivamente, no se daría permiso para volver a por una de esas. Además, limitaría sus salidas al máximo y solo visitaría el pueblo en caso de extrema necesidad.

Giró el tapón y el precinto se rompió. La acercó a su boca y, antes de que el primer chorro acariciara su lengua, notó el aire caliente que brotaba del interior. El líquido le abrasó labios y garganta. Tal vez sea el último trago, le dijo una voz interior. Miró a su hija mientras olisqueaba el aroma que salía por el cuello de la botella.

Un último sorbo.

Ella lo observaba como a un extraño. Intuyó su decepción.

Samuel levantó la botella y bebió un definitivo y largo trago.

Su cuerpo se estremeció y se giró para calcular las distancias. Los zombis acechaban.

—Vamos —ordenó.

Leonor se levantó y, de cuclillas, se puso a su altura.

—Lanzaré la botella en dirección a la tienda. El ruido llamará su atención. Echarán a andar hacia allí. Nosotros saldremos corriendo cuando se hayan alejado, nos meteremos en el autobús y nos iremos.

La chica asintió en silencio. El hombre se preparó para el lanzamiento. Flexionó las piernas y la envió como si estuviera jugando a los bolos. La botella se deslizó con velocidad por el cemento, chocó contra el bordillo de la acera e hizo una parábola para golpear la puerta acristalada del establecimiento. Un ruido perfecto, pensó.

La enfermera reaccionó al estímulo. El gasolinero intentó incrementar su ritmo de brazada, sin éxito. Mientras, el conductor seguía concentrado en su vehículo de trabajo.

—Mierda, no se mueve.

Leonor agarró su brazo, pidiendo una explicación en silencio. La enfermera avanzó rápido en su trastabilleo. Era el momento de actuar antes de que el sonido del autobús volviera a acaparar su atención y regresara. Samuel se agachó y, desprendiéndose de su hija, cogió el garrote.

—Ven detrás de mí.

—¡No! ¡No puedo!

La sujetó por el antebrazo y la arrastró con él, quedando los dos al descubierto.

Aunque corrieron de puntillas para no ser oídos, el gasolinero percibió sus movimientos y comenzó a rugir hacia ellos. Su cara ensangrentada ya no reflejaba la sonrisa babosa con la que vislumbraba a Leonor desde detrás del mostrador.

Se agacharon tras el surtidor que les había suministrado cinco litros de combustible. Samuel no estaba seguro de lo que debía hacer. La enfermera se mantenía lejos y el zombi del suelo no avanzaba. Le hizo un gesto a su hija para que lo esperara.

Empuñó con fuerza el garrote y, con todas sus fuerzas, realizó un golpe lateral que se estrelló contra el brazo del conductor, que estaba de espaldas a él. Lejos de tumbarlo este ni se inmutó, como si estuviera soldado al suelo.

Su cara no tenía composición lógica. La piel había sido arrancada a mordiscos. Era un chorro continuo de sangre negra que lo empapaba, ocultando las partes de hueso que quedaban a la vista.

A Samuel le costó asimilar aquella imagen y retrocedió unos pasos sin darse cuenta. El conductor levantó sus brazos y avanzó hacia él, pero rápidamente puso el garrote en su pecho y lo sujetó a esa altura. Sin embargo, como había augurado, el muerto viviente era ágil en las distancias cortas y tenía fuerza, tanta como para obligarlo a retroceder en su empuje.

Samuel indicó a su hija que se subiera al autobús. Leonor salió corriendo. Presa del pánico, pasó chillando por detrás del conductor hacia la puerta. La abrió de par en par y se impulsó en el escalón con celeridad. El conductor se giró hacia ella, por lo que Samuel aprovechó para golpearlo por el mismo lado. Pese a que le había partido el húmero, no hubo quejido alguno.

—¡Cierra la puerta! ¡Que no suba!

Pero Leonor se había alejado hacia los asientos traseros, chillando descontrolada. Samuel apoyó el garrote en el omóplato del zombi y lo empujó con la intención de tirarlo al suelo, pero este se revolvió y lo único que consiguió fue desequilibrarse en el impulso. Se tropezó consigo mismo y su cuerpo embistió contra el conductor. Se cayeron y Samuel quedó encima, con su cara a centímetros de un enemigo que comenzaba a sacudirse con fuerza. Vio sus dientes, algunos todavía blancos, y tragó el aliento descompuesto que expulsó el zombi.

En su afán por incorporarse, el conductor agarró a Samuel por el antebrazo. Hacía mucha fuerza, llevándolo a caer de lado sobre el cemento. Lo sujetaba con firmeza, colocándose encima de un brazo que ahora parecía inservible. El hombre apoyó la cabeza contra el cemento para darse la vuelta. Lo único que logró fue una pequeña sacudida con la que pudo liberar el brazo atrapado y ponerse boca arriba. El rostro desfigurado de su adversario, rugiendo con ansias por morderlo, lo impactó. Quiso girar sobre sí mismo para alejarse, justo cuando la enfermera se abalanzó sobre él.

4

Bajo la fuerte presión del conductor en el lado derecho de su cuerpo, encontró el garrote con la mano izquierda. Forcejeó para desprenderse, sin conseguirlo. En un movimiento rápido levantó el palo, lo puso en vertical y apoyó un extremo en el suelo. La enfermera recibió el impacto del otro extremo, lo que la desequilibró y la hizo caer sobre el otro zombi. Samuel aprovechó el momento, se desenredó de la sujeción del conductor, se levantó y recogió el garrote. La enfermera estaba boca abajo, intentando incorporarse. Golpeó su cabeza con todas sus fuerzas. Madera y hueso crujieron, dejándola fulminada. Samuel descubrió entre su pelo una grieta de la que emanaba un líquido espeso negro.

—¡Mátalos! —escuchó a lo lejos.

Aturdido, miró a los lados. El gasolinero se arrastraba hacia ellos. Pensó que era él quien hablaba.

—¡En la cabeza! ¡En la cabeza! ¡Mátalos!

En el autocar, su hija vociferaba desde el cristal frontal.

Contempló la escena. La enfermera había muerto, seguro, pero el conductor estaba recuperándose.

Subió al vehículo y cerró la puerta. Su hija se abalanzó sobre él, agarrando su brazo.

—¿Por qué no les has matado? Es en la cabeza donde hay que golpearles ¿No has visto que ella ha caído fulminada?

—¡Leonor, cálmate! Necesito saber cómo arrancar esto.

—¡Es en la cabeza, en la cabeza!

—¡Los necesito vivos! ¡Ellos nos salvarán! ¿No entiendes que borrarán nuestra pista?

Leonor seguía tirando y agarrándolo con los ojos llorosos. Samuel la empujó con rabia y salió despedida hacia el otro lado.

Trató de recordar cómo conducían los autobuses cuando viajaba desde la casa de sus padres a Madrid. Siempre se fijaba en cómo manejaban cómodamente un vehículo tan grande, activando palancas, botones y la caja de cambios. Una luz roja del cuadro indicaba que el freno de mano estaba puesto. Buscó un botón que lo desactivase. Lo encontró con facilidad: era rojo y tenía el mismo símbolo de siempre. Lo accionó y subieron las revoluciones del motor.

Leonor se había incorporado, pero se sentía insegura ante el ronroneo del autocar.

—¡Siéntate ahí! —dijo Samuel, señalando el asiento plegable del acompañante del conductor.

Mientras ella se colocaba, el conductor avanzaba hacia la puerta con los brazos levantados. En el suelo, la enfermera descansaba para siempre. Más adelante, el gasolinero se estiraba como una culebra.

Embragó, metió primera, aceleró, desembragó y el autocar se sacudió unos centímetros. Frenó, a la espera de que el zombi se apartara de su trayectoria. No quería probar cómo se ponía la marcha atrás, pues ya había encontrado la manera de salir de allí y no iba a forzar otra marcha más allá de la segunda. El zombi pasó rozando el faro izquierdo, enganchándose contra él a pesar de sus intentos por caminar. Cuando logró desprenderse, Samuel giró el volante a la derecha y arrancó con más brusquedad de lo que esperaba. El autocar se desvió hacia un surtidor, pero pudo frenar a tiempo y girar en dirección contraria.

—¿Qué haces? —gritó su hija.

—¡Cállate! —dijo Samuel apretando los dientes.

Desembragó y pisó el acelerador a fondo. El autocar rugió y saltó hacia delante. Enderezó el volante y no hizo nada por esquivar ningún obstáculo. Pasó por encima de la enfermera y cruzó en diagonal el cuerpo del gasolinero. El autocar apenas se balanceó. Observó por el espejo retrovisor que el conductor lo seguía, ensangrentado, echándolo de menos como un niño que ve alejarse a sus padres.

—Al menos que quede ese en pie. Él será el culpable de la matanza. Dios salve a quien se los encuentre —concluyó.

Metió segunda saliendo por el carril de aceleración y se sintió liberado. Conducir un vehículo con un motor tan grande aumentó esa sensación. A lo lejos, en el túnel de lavado, vio por el retrovisor un bulto negro.

—¡La bolsa!

Capítulo 4

1

Samuel dejó a Leonor chillando y suplicando en el interior del autocar encendido. Caminó decidido hacia la bolsa. Sabía dónde había perdido de vista al zombi y esperaba encontrarlo en el mismo lugar. Se asomó sigilosamente y lo vio caminando muy despacio cerca de la tienda. Corrió hacia la bolsa y se detuvo a su lado, agachado. El zombi olisqueaba el aire. Giraba la cabeza en diagonal, como queriendo escuchar. Está tratando de conectar con su autobús, pensó Samuel.

Desde su posición, distinguió a Leonor con las manos apoyadas en el cristal trasero. A su alrededor, todo estaba calmado. Solo tenía que salir corriendo, unos pocos pasos y estaría a salvo. Regresaría al autocar, se iría a la casa de la costa, se reencontraría con su pasado: los recuerdos, los objetos personales de las personas que quería y había perdido.

Un destello cruzó su cabeza, otra vez. Necesitaba algo que lo enfrentase a su pasado. Miró la tienda y recordó las botellas de whisky que quedaban en la estantería. Las últimas para siempre. No podría volver a por más porque en su casa cultivaría su propia comida y sobreviviría durante muchos años gracias a su pozo de agua, como se hacía antiguamente. El mundo se había alienado. Ignoraba el alcance de aquellos cambios, pero estaba convencido de que se refugiaría una larga temporada.

Un último trago, pensó. Tal vez necesitaría más alcohol para afrontar la tormenta de recuerdos que lo esperaba en su antigua casa. Salió de entre los hierros con la bolsa en la mano y se dirigió hacia la tienda y hacia el zombi.

2

Mientras caminaba hacia el establecimiento, se dio cuenta de que el autobús había aplastado al gasolinero, definitivamente muerto. Cuando estuvo a unos veinte metros del conductor, se detuvo y lo encaró. El zombi rugía con los brazos levantados y andaba hacia él. Samuel se alejó a su derecha, apurando el paso mientras al conductor le costaba seguirlo con la vista. Se dirigió hacia la masacre anterior y recuperó el garrote. Dejó la bolsa en el suelo y corrió a su izquierda. El zombi aceleró el paso en diagonal, acortando las distancias. Samuel intentó rodearlo y atacarlo por la espalda, pero el muerto viviente siempre se giraba a tiempo para acabar cara a cara con él. Con cada intento, sus rugidos aumentaban en intensidad.

Decidió alejarlo de la tienda lo máximo posible, así que, recogió la bolsa, se dirigió al carril de entrada de la gasolinera y golpeó el suelo con el garrote. El conductor lo siguió sin poder recortarle la distancia. Había bajado los brazos y su respiración era agitada. Samuel lo esperó durante unos segundos y, cuando lo tuvo cerca, echó a correr. Empujó la puerta batiente de la tienda y entró.

Observó la estantería y pensó que un poco de ron tampoco le vendría mal. En el porche de su casa, sería un buen plan disfrutar de un trago bajo la luz de la luna reflejada en el mar. Así la recordaba de cuando era niño, desde su dormitorio, en las noches de verano en las que escuchaba música a través de los auriculares. Apoyó el garrote contra la estantería y se proveyó de dos botellas de ron y de las tres últimas de whisky. Las introdujo en la bolsa. El zombi caminaba hacia allí. Decidió entonces aprovisionarse de agua y pasteles de chocolate. Al menos tendrían para los primeros días.

Se dispuso a salir de allí antes de que el conductor se le echara encima, buscó papel higiénico a su alrededor. A lo lejos, en la esquina superior, había una cámara que lo podría estar grabando. No quería dejar constancia de su visita, ya que el zombi lo salvaría siempre y cuando no existiera otra prueba que lo delatara.

Corrió hacia la parte trasera del mostrador, donde había matado a botellazos al empleado. Accionó el dispositivo pulsando en la pantalla táctil y buscó el icono del programa informático. Lo encontró a la primera, minimizado y en funcionamiento. Amplió pantalla y la imagen de la tienda apareció en el monitor. "Detener grabación", leyó en una de las opciones. Cuando estaba a punto de accionar ese comando, un estruendo estalló en la puerta. El zombi acababa de entrar y sus movimientos ya no eran tan lentos.

—Detener grabación, maldita sea —dijo entre dientes.

Meditó sobre las opciones disponibles. "Ver grabaciones", pulsó. Había tres archivos diferentes del mismo día. Seleccionó los tres. "Borrar vídeos". El zombi se acercó al mostrador con sus dientes negros y la boca chorreando sangre. "Va a borrar todos los vídeos, ¿desea continuar?"

—¡Sí, joder!

El conductor se abalanzó sobre la mesa y lo agarró por la camisa.

"Archivos borrados".

Samuel retrocedió, pero el zombi lo sujetaba sin dejarlo retroceder. Se agarró al mostrador y empujó hacia atrás. El muerto viviente incrementó su intensidad y lo atrajo hacia él, ganándole el pulso. Sus cabezas se acercaron. Samuel aflojó su fuerza y giró el cuello. Su cabeza ladeada golpeó en el rostro desfigurado del otro y oyó al lado de su oreja el castañear de dientes del conductor, deseando morderlo.

Ambos cuerpos salieron repelidos unos centímetros, aunque bien sujetos por los brazos. El hombre agarró el primer dispositivo de cobro electrónico que le vino a la mano.

"¡En la cabeza! ¡En la cabeza! ¡Mátalos!", le había suplicado su hija.

Levantó el terminal y lo estampó contra la oreja del zombi. Quedó aturdido. Samuel se echó atrás y logró liberarse. Cogió la bolsa y echó a correr por el lateral del mostrador, por detrás de la única estantería que lo separaba de su enemigo. Este se interpuso con rapidez en el camino de salida hacia la puerta, rugiendo. Respiraban agitados a unos pocos metros: Samuel aguardando una embestida y el zombi con la mirada desenfocada, esperando una provocación.

Se desplazó lento hacia un lado, pegado a las neveras de los refrescos. El zombi abrió la boca sin emitir ningún sonido y, justo cuando parecía que iba a cerrarla, un alarido ahogado salió de su garganta.

Samuel retrocedió aún más, horrorizado. Aquel cuerpo obeso avanzó y se precipitó por el pasillo donde él estaba. Aguardó la oportunidad. Se alejó unos pasos más para atraerlo a ese reducido espacio. El conductor avanzó, emitiendo nuevos gritos.

Echó a correr, arrojando las garrafas de aceite de motor sobre el suelo para dificultarle el paso. Rodeó la estantería y, cuando tuvo al zombi justo detrás de la misma, la empujó con la intención de que cayera encima de él. Tenía demasiado peso, los pies de la estructura eran lo suficientemente fuertes para evitar que volcara con un simple empujón.

Samuel corrió hacia la puerta, ahora a su alcance desde el pasillo en el que se encontraba. Cuando llegó a la salida, el zombi bordeaba la estantería, muy cerca de él. Golpeó el cristal hacia fuera para huir. La alarma del local comenzó a sonar por culpa del precinto de seguridad de las botellas y, cuando casi se veía a salvo, algo chocó contra él. Oyó un grito y cayó al suelo.

El zombi ya estaba saliendo. Aturdido, levantó la cabeza y halló a Leonor debajo de él. Otro alarido y unas gotas de sangre lo salpicaron por la espalda.

3

Samuel apoyó su mano derecha en el suelo mientras con la izquierda sujetaba con fuerza la bolsa. Trató de incorporarse y notó las rígidas manos del zombi en su espalda. Echó la mano a su hija sin saber por dónde cogerla. Como una zarpa, la agarró por los pelos y la arrastró por el suelo mientras ella chillaba de dolor. El conductor trastabillaba a unos pocos centímetros hasta que se derrumbó sobre Leonor. Los cuerpos se atrancaron y Samuel no pudo seguir arrastrándolos. Soltó la bolsa y, antes de que el zombi pudiera morder a su hija, asestó un salvaje puntapié en el cráneo del conductor. Aturdido, emitió un eructo. Levantó la cabeza buscando un culpable. Su cara chorreó sangre sobre Leonor y, antes de que volviera a bajarla, Samuel le propinó otra patada. La puntera de su zapato abrió un boquete en su ojo izquierdo y el cuello se partió. Samuel cayó hacia delante sin haber podido desenganchar el pie. El zombi dejó de gemir y sus músculos se relajaron.

Leonor intentaba gritar, empapada de sangre, pero nada salía de su garganta. Su padre tomó al zombi por los pies, arrastrándolo hacia atrás para que su hija pudiera escapar. La chica retrocedió con pies y manos y, cuando se vio a salvo, comenzó a llorar sin emitir un solo sonido.

Él corrió hacia ella y la abrazó. Ni un zombi que nos salve, pensó. La chica parecía quedarse sin respiración hasta que su llanto, entre sus brazos, estalló sin control. Samuel sostuvo su cabeza entre las manos.

—Leonor, cálmate. Ya pasó todo. Nos vamos a casa.

Ella miraba sus ojos, desesperada, con la cara descompuesta.

—Shhhh... ya está. Salgamos de aquí... Vámonos, hija.

La chica no solo quería irse de allí. Quería despertar de esa pesadilla y recuperar su vida anterior. Samuel, incapaz de calmarla, revolvió la bolsa en su interior y sacó una botella de agua.

—He ido a por agua y comida, ¿ves? Ahora estamos aprovisionados para unos días. Tranquilízate, todo irá bien. Ven, toma esta pastilla, te hará bien.

La chica obedeció a su padre. Samuel, con sus cabellos enredados entre los dedos, introdujo la mano en el fondo de la bolsa para acceder a una caja de medicamentos. Desempaquetó una pastilla y ayudó a su hija a tragársela con un sorbo de agua.

—Subamos al autobús y vayámonos.

Leonor, más calmada, se levantó con la ayuda de su padre y, medio abrazada a él, emprendieron el regreso. Samuel se agachó y tapó rápido la abertura de la bolsa. La cogió con la derecha y con la izquierda abrazó a su hija. Iniciaron un incómodo caminar hacia el autocar.

Capítulo 5

1

Samuel ayudó a Leonor a subir por la puerta del conductor. Cuando la vio arriba, abrió la puerta lateral del maletero del autocar y encontró lo que había imaginado: una mochila medio llena de ropa usada. La vació y comenzó a llenarla con todo lo que contenía su bolsa negra, excepto las botellas de alcohol. Pensó en tirarlas. Se sentía miserable. Sacó la mochila que acababa de llenar y dejó las botellas en el maletero. Cerró la puerta y la subió al autobús.

Su hija lo observaba aturdida desde los asientos de la primera fila.

—La bolsa estaba a punto de romperse, la mochila está mejor.

Ella asintió, pestañeando lentamente.

Se acomodó en el asiento y buscó el indicador del depósito de combustible. La aguja estaba baja, pero tal vez podría llegar hasta su casa, al lado de su pequeña playa.

Aceleró y luego desembragó con lentitud. El autocar crujió y avanzó los primeros metros.

Cuando llegaron a la altura del Mercedes y el Renault, aminoró la velocidad. Todo estaba igual. Nadie se había asomado por allí. Un reguero de una sustancia negruzca discurría bajo los vehículos. Ninguno de los dos dijo nada.

Metió tercera. Volvía a casa por un motivo ineludible. Había pospuesto su regreso desde la muerte de sus padres. Era un cobarde, pero ahora no tenía otro remedio y esa circunstancia lo hizo sentirse bien.

Recorrió unos pocos kilómetros sin tráfico, con cuidado de no acelerar de manera innecesaria. Llevaba la conducción del autocar mejor de lo que pensaba. Circulaba por una zona sin casas, con la única compañía de los montes en las laderas de las montañas. Su hija dormitaba. Su cuerpo se había ladeado y apoyaba su cabeza contra el cristal.

Calculó cuánto bajaría la aguja del indicador del depósito en el trayecto recorrido y se conformó con que tal vez llegaría hasta el pueblo más cercano a su casa. Era la una en punto. Encendió la radio.

3

El gobierno está estudiando la posibilidad de penalizar a las empresas que no garanticen el suministro eléctrico. Ante los constantes cortes que se están produciendo desde hace más de un mes en algunas zonas del país, las eléctricas argumentan que algunas personas están abandonando sus puestos de trabajo, asustadas, para regresar a sus hogares con sus familias.

Samuel percibió que su hija aún podría estar despierta. Accionó el botón para saltar a la siguiente emisora.

Los científicos concluyen que el origen de estas infecciones podría estar relacionado con algunas bacterias y virus que habrían permanecido congelados en las montañas Kunlun, en el Tíbet. El casquete Guliya, a seis mil setecientos metros de altura, de los más antiguos del planeta, se está derritiendo desde hace unos años, y puede que su deshielo llegue a los ríos de los que dependen unos mil cuatrocientos millones de personas. Se cree que su interior guardaba cientos de bacterias desconocidas que podrían llevar congeladas miles de años y para las que el cuerpo humano no tiene defensas. Su deshielo podría estar esparciendo esta arma mortífera a toda la humanidad.

Volvió a accionar el botón. Su hija dormía.

En directo desde el Hospital de Santiago de Compostela, acaban de llegar más patrullas del Ejército de Tierra junto con diversos coches de la Guardia Civil.

Al parecer algunos enfermos que ya estaban desahuciados han salido de sus habitaciones y han mostrado una actitud violenta, atacando e hiriendo al personal sanitario. Algunas enfermeras han salido por la puerta principal muy asustadas. En este momento, todo el complejo está vigilado y se especula con la posibilidad de aislarlo sin dejar salir a nadie hasta que no se aclare la situación.

Samuel apagó la radio.

Capítulo 6

1

La luz de aviso de depósito en reserva estaba encendida desde hacía muchos kilómetros. Las nubes, cada vez más grises, oscurecían el paisaje. Dirigió el autobús hacia el cruce que señalaba la carretera a Medo. Ya no había señal de "Stop"; en su lugar, una rotonda ocupaba la zona. Agradeció el cambio, así no tendría que detener el autobús en un gasto innecesario de combustible. Giró a la izquierda y afrontó los últimos quince kilómetros hacia su pueblo.

Las últimas montañas, los últimos montes antes de llegar a donde había dejado a sus amigos de infancia, sus vecinos y su familia. Seguro que alguno de aquellos chavales estaría por allí, aunque él no deseaba encontrárselos. Se había marchado a Madrid a estudiar medicina hacía más de veinte años. Pocos lo reconocerían y nadie visitaría su casa al borde del acantilado, a cinco kilómetros del pueblo. Allí se aislaría de cualquier persona que pudiera traer algún virus infeccioso.

Pasó el cruce de la carretera que subía hacia los montes. Apareció la señal indicativa: "Las Fragas — 3 kms". Leonor dormía profundamente y la aguja del depósito de combustible bajaba a mayor velocidad de la prevista.

2

La entrada al pueblo de Medo, desde el sur, presentaba una pendiente hacia arriba. El autobús no daba ninguna señal de dificultad, pero la aguja se había posado en el final de su marcación un par de kilómetros antes. Cuando sobrepasaba las primeras casas, aceleró ligeramente en la parte llana para tomar impulso en la cuesta. Desde su posición, por encima de los muros, se veía algo impensable si se viajaba en un turismo. Las persianas estaban medio bajadas, nadie conservaba su césped. En su lugar, hierbas altas y macetas aguardaban descuidadas.

El autocar encaró su acceso al pueblo apresurando su velocidad, sin respetar la señal máxima de treinta kilómetros por hora. No había un alma en las calles. Solo unos pocos coches, en comparación a como lo recordaba, destacaban aparcados en el arcén. Desde las ventanas de algunos pequeños edificios, algún cuerpo se asomaba para verlos pasar. A mitad de la calle embaló ligeramente, manteniendo la velocidad con la intención de llegar al final de la cuesta con suficiente aceleración como para, si el tráfico lo permitía, seguir a la izquierda sin rozar el freno.

Ya arriba, se topó con el mismo panorama. Ningún vehículo circulaba y nadie se interpuso en su trayectoria. Volvió a acelerar sin bordear la rotonda, dejándola a su derecha para no desaprovechar las últimas gotas que quedaban en el depósito. Unos perros que olisqueaban entre los coches se sorprendieron al verlo.

Afrontó la calle de salida del pueblo. Ningún bajo comercial abierto. Pasó por delante del ultramarinos donde su madre solía hacer la compra cuando era niño. Era de los que permanecían abiertos en verano más allá de las once de la noche. El local estaba cerrado, de manera definitiva desde hacía tiempo.

A lo lejos, una señora mayor cruzaba desde su izquierda por el paso de peatones.

—¿De verdad, señora? ¿Tiene que cruzar justo cuando pasa el único vehículo del día?

Samuel aceleró ligeramente, pensó que le daría tiempo a pasar antes que de que llegara a su carril. Leonor se había resbalado y se había quedado dormida en una postura incómoda. Accionó la bocina del autocar sin miedo a ser visto.

—¡No me joda, pare! ¡Pare!

La señora no reaccionó hasta pasados unos segundos. Giró su cabeza lentamente hacia él. En ese momento se tropezó y en su intento de recuperar el equilibrio se quedó quieta, mirando hacia el autobús. Samuel aceleró por última vez. A medida que se acercaba a ella, percibía su mirada perdida, su herida en la cabeza, su ausencia de oreja izquierda, su sangre, sin atisbo de dolor. Ya estaba infectada, muerta y de regreso a la vida.

3

Avanzó hacia las últimas casas del pueblo. Por el retrovisor, a lo lejos, vio a la señora parada en medio de la carretera. El autobús circulaba a unos cincuenta kilómetros por hora. Decidió ahorrarse otro acelerón mientras no llegara a la siguiente curva pero, al empezar a tomarla, el motor se apagó. No hubo ningún aviso ni ninguna sacudida. Diferentes luces se encendieron en la pantalla principal. Pisó el embrague para dejar ir al autocar en punto muerto. Las baterías eléctricas también parecían agotadas, según interpretaba de los indicadores.

El autobús salió de la curva y avanzó doscientos metros a buena velocidad, pero su peso pronto se hizo palpable y la reducción se produjo de manera brusca. El peralte de la carretera se inclinaba hacia su izquierda y Samuel dirigió la trayectoria del vehículo hacia ese lado. Cien metros más tarde, se había detenido por completo en el arcén. Suspiró y miró a Leonor, dormida.

Se puso la mochila a la espalda y cogió a su hija por debajo de los brazos. La arrastró por las escaleras para bajarla del autobús. Tenía por delante más de cuatro kilómetros hasta su casa. No estaba seguro de si podría con ella. Dejó la bolsa con las botellas en el maletero. Volvería a por ellas al día siguiente.

Cuando la tuvo sentada en el último peldaño, intentó levantarla para llevarla en brazos, pero el peso muerto de su cuerpo multiplicaba el esfuerzo. Después de varios intentos, consiguió elevarla. En sus primeros pasos, se notó bastante equilibrado. Al cabo de doscientos metros, agotado, dejó a la chica en el suelo. Vio el autocar a lo lejos. Todavía tenía por delante unas cuantas horas de luz. Nadie circulaba por la carretera y, aunque se cruzara con alguien, no iba a encontrar ayuda.

Sacó una botella de agua de la mochila y bebió unos sorbos. La colocó de nuevo y se agachó para recoger a su hija. De un fuerte impulso se puso en pie y se echó a andar.

Capítulo 7

Galicia. Costa norte de España. 7 de noviembre de 2029.

Samuel dejó a Leonor con cuidado en el porche. Arrojó la mochila con violencia hacia la puerta de casa. La chica dormía profundamente y él estaba empapado en sudor. Las fuertes contracciones musculares de llevarla en brazos durante horas lo asomaban al borde del desmayo. Sin tiempo para pensar ni analizar los sentimientos hacia aquella casa donde había pasado su infancia, caminó en dirección al acantilado, aliviado. El viento sacudía fuerte su pelo largo, enfriando el cuerpo con rapidez. Buscó revivir la imagen que tenía de su niñez: una pequeña playa con la arena justa en la que, con la marea baja, podía correr en círculo, construir castillos o incluso apoyar una pequeña tabla de surf y jugar con alguna ola que llegara suave hasta sus pies.

Ansioso, se asomó en el final de aquel día gris. No pudo ver más que un mar agitado golpeando rocas, circulares y desgastadas, ocultas bajo la arena de su infancia y de la que apenas se conservaba algún resto acumulado entre los peñascos. Esperaba hallar consuelo en aquel punto del mapa, tan lejos en sus recuerdos. Sin embargo, no encontró rastro alguno. Desesperado, se dio la vuelta y contempló la casa, vieja y abandonada. Cayó de rodillas, inundado por recuerdos rotos. Cerró los puños con rabia y miró al cielo. Comenzó a lloviznar.

Nota del autor

Publiqué *Las horas muertas* el 11 de marzo de 2020. Tras una concienzuda elaboración previa y con una fecha ya programada, se vino encima el desastre mundial que supuso el COVID-19. Ese mismo día el coronavirus fue reconocido como pandemia por la Organización Mundial de la Salud. Tres días después, en España se decretaba el estado de alarma que confinó a la población en sus domicilios. En ese momento, considerando su temática, me pareció poco ético promocionar mi libro.

Sin embargo, un año más tarde, llegaron los resultados y recibí las primeras reseñas importantes. Comencé a escribir este relato corto a finales de marzo de 2021, justo cuando las ventas explosionaron. Desde entonces, *Las horas muertas* no ha parado de venderse ni un solo día.

Con el resplandor de este éxito tardío, e incentivado por los lectores que mostraron interés en mi historia, finalicé esta precuela en poco más de un mes. Ha sido muy fácil: Samuel tomó el control y me susurró su relato al oído para que yo lo plasmara por escrito. Nos costó salir de esa maldita gasolinera, no era lo que yo esperaba cuando empecé a mecanografiar.

Espero que te guste el resultado y te suscribas al boletín que se incluye en mi web. Si lo haces, podrás descargarte gratuitamente la edición de este libro en formato digital, y te enviaré mails para contarte anécdotas y curiosidades sobre mis libros. También te mantendré al tanto de cómo va mi proceso de escritura de la segunda parte de *Las horas muertas* (sí, la historia continúa) y, quién sabe, tal vez te pida consejo u opinión antes de la publicación.

Te agradecería una valoración sincera en Amazon y en alguna otra web de literatura. La interacción ayuda mucho a los escritores y te animo a que compartas tus impresiones siempre que adquieras un libro. Gracias por leerme.

Por último, quiero expresar mi agradecimiento a mi amigo Rafael Pontes Velasco y a mi hermano Javier, que han vuelto a jugar un papel significativo en este libro.

Jorge Caneda
www.jorgecaneda.com
Agosto de 2021

Made in the USA
Las Vegas, NV
16 February 2022